Cuando voy a pasear al **bosque**

Dana Meachen Rau

Traducido por Aída E. Marcuse

Fotografías Romie Flanagan

THE ROURKE PRESS
Vero Beach, Florida

Para mamá y nuestros paseos por los bosques.

—D. M. R.

Gracias a la familia Asencio por hacer de modelos en este libro.

Fotografías ©: Flanagan Publishing Services/Romie Flanagan

An Editorial Directions Book

Diseño del libro y producción: Ox and Company

Catalogado en la Biblioteca del Congreso bajo:

Rau, Dana Meachen, 1971-
   Cuando Voy a Pasear al Bosque / Dana Meachen Rau.
     Traducción al español de Walk in the Woods / Aída Marcuse
       p. cm. — (Los aventureros)
     Incluye índice.
     Resumen : Un paseo por el bosque sirve para ver árboles
     altos y ardillas tontas, juntar hojas y escuchar el canto
     de los pájaros.
ISBN 1-57103-359-9
[1. Bosques y silvicultura—Ficción.] I. Título.
PZ7.R193975 Wal 2000
[E]—dc21

                                 99-086668

Impreso en Estados Unidos de América

¿Estás preparado para una aventura?

!Hay muchas cosas para ver y hacer cuando paseas en el bosque!

Unas medias suaves.

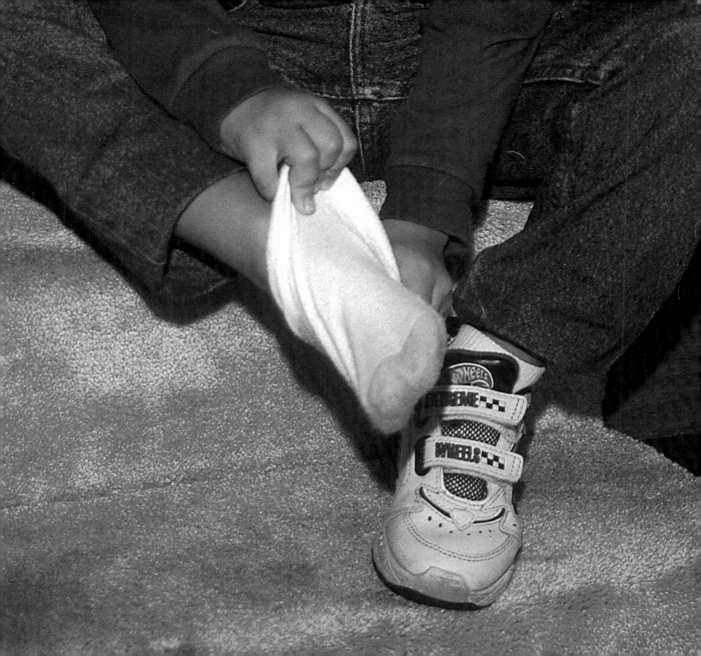

Mis zapatillas más fuertes.

Mi mochila roja.

Esto es lo que *llevo* cuando voy a pasear al bosque.

Árboles altísimos.

Senderos serpenteantes.

Ardillas tontas.

Esto es lo que *veo* cuando voy a pasear al bosque.

Junto hojas.

Miro qué hay bajo los leños .

Escucho el canto de los pájaros.

Esto es lo que hago cuando voy a pasear al bosque.

Más información sobre los bosques

Los bosques son lugares llenos de árboles. A algunos se les caen las hojas en otoño, y otros las conservan todo el año. Muchos animales viven en los árboles y en sus alrededores. Los bosques cubren un tercio de la extensión de la tierra.

Para saber más acerca de nuestro entorno

Libros

Fowler, Allan. *Our Living Forests.* Danbury, Conn.: Children's Press, 1999.

Kaplan, Elizabeth. *Temperate Forest.* New York: Marshall Cavendish, 1996.

Silver, Donald M. *One Small Square: Woods.* New York: W. H. Freeman and Company, 1995.

Sitios Web

The Evergreen Project Adventures
http://mbgnet.mobot.org
Sitio dedicado a la enseñanza del medio ambiente a los niños.

The National Audubon Society
http://www.audubon.org
Todo sobre aventuras al aire libre para niños.

Acerca de la autora

Cuando Dana Meachen Rau era pequeña, a menudo paseaba con su madre por los bosques y se metía en lagunas para buscar los animales que allí vivían. A Dana le encantaba escribir y dibujar lo que veía para no olvidarse de sus aventuras por el campo. En la actualidad, Dana es editora e ilustradora de libros infantiles y es autora de más de treinta libros para niños. Con su marido, Chris, y su hijo, Charlie, corre aventuras en Farmington, Connecticut (EE.UU.).